Rosa di spade

UNA STORIA DI ORDINARIO ABBANDONO

Poetry novel di Lucia Vignolo

Ai miei figli, Stefano e Mattia

Caro lettore,

meglio che te lo confessi, qui e ora, prima che tu abbia deciso se comprare il libro.

Sì, questa è una storia di ordinario abbandono.

Una di quella storie che l'abbiamo vissuta tutti almeno una volta, l'hanno vissuta tutte le mie amiche e i miei amici, l'hanno vissuta anche i miei figli.

A un certo punto uno dei due dà di matto e se ne va.

Voglio dire che si innamora di un'altra persona… e se non sei tu l'oggetto di quell'innamoramento ti sembra che l'altro sia impazzito.

Io l'avevo conosciuto nove anni prima il tipo, quando avevo quasi cinquant'anni, e anche lui. Quasi un secolo in due. Forse era stato quel secolo lì che mi aveva rassicurata.

Eravamo innamorati come ragazzini, perché l'amore è così, è sempre nuovo… ma un secolo vorrà pur dire qualcosa no? Potevo azzardarmi a fare un investimento serio… a riporre il mio amore nelle mani fidate di un uomo tutto d'un pezzo, uno che aveva i piedi ben piantati in terra, che come una quercia aveva resistito a cinquant'anni d'intemperie… Oh… intendiamoci… me lo aveva detto lui dei piedi per terra e del suo cuore fedele e sincero, me lo aveva anche scritto nero su bianco e devo dire che me lo aveva anche dimostrato; che le parole sono una cosa e i fatti un'altra.

Ma dopo nove anni mi disse "l'amore viene e va…"

E sì, questo è certo, specie se lo lasci andare; più ancora se lo trasferisci su di un'altra persona.

Fatto sta che si è ripreso il suo amore e se l'è portato via. E poi ha pensato bene di tagliare completamente i ponti con me.

Ma va di moda oggi eh… sapessi quanti ne ho sentiti di questi casi! Ti mandano una mail, o un sms persino, per avvisarti che per loro è tutto finito. E poi diventano irreperibili. Non ti rispondono più al telefono e naturalmente ti cancellano anche da Facebook, giusto per non lasciare traccia del passato.

E guai a protestare, a chiedere spiegazioni, peggio ancora recriminare: rischi di essere denunciato per stalking.

Non ci resta che piangere, come nel film.

O magari scrivere.

C'è stato un momento, un momento lungo un bel po' di mesi eh… che ero nel limbo. Tutta colpa di Platone. Se non ci avesse raccontato quella storiella dell'ermafrodito, che Zeus lo aveva diviso con un fulmine e da allora ognuno cerca la sua metà…

Bè io ci avevo creduto a quella storia lì, e per me la coppia era proprio un affare serio, quasi sacro direi. Io mi sentivo un tutt'uno col tipo, e quando se n'è andato sono rimasta a metà. E c'è voluto del bello e del buono per suturare la ferita.

Comunque mentre ero nel limbo ho scritto, e ne è venuta fuori una storia in poesia. Ma ti ripeto, è una storia banale, la solita storia. Dal primo sospetto, quando ti accorgi che lui è innamorato… di un'altra… alla scoperta del tradimento, e poi l'abbandono che ti annienta. E infine l'elaborazione del lutto: la vita che riprende a poco a poco, ammaccata.

Sono sempre le solite storie ma scriverle ci fa bene. E anche leggerle. Magari per verificare che non siamo i soli ad aver sofferto l'inferno, quando è capitato a noi.

L'ANIMA GEMELLA

Incontrare l'anima gemella è sempre un dono prezioso che la vita ci offre, ma è ancor più prezioso se l'incontro avviene nell'età matura, sia perché abbiamo la saggezza per apprezzare l'immenso valore dell'evento, sia perché è, forse, l'ultima occasione che ci si presenta.

Creare un rapporto amoroso forte e importante richiede tempo, tempo per conoscersi, sperimentarsi, amalgamarsi, accettarsi, comprendersi, stimarsi, migliorarsi... è chiaro che più si invecchia meno tempo abbiamo davanti a noi e meno probabile è la possibilità di realizzare questo miracolo.

Io avevo incontrato lui a cinquant'anni, anzi cinquanta li aveva lui e io quarantanove.

Naturalmente non tutto era perfetto e come tutte le coppie avevamo dovuto muoverci l'uno verso l'altro, a volte un po' faticosamente, ma stavamo bene. Eravamo felici.

Ma forse dovrei parlare solo per me. Stavo bene con lui ed ero felice. Lui aveva il tipo di carattere che mi completava, che mi dava la sensazione di essere un tutt'uno pur essendo due entità diverse.

Non abbiamo mai litigato, e ogni divergenza veniva ricomposta col dialogo, magari accalorato ma sempre propositivo e amorevole.

Anche il tradimento.

Già.... Ad un certo punto avevo scoperto il tradimento, anzi il suo desiderio di tradire.

Avevo elaborato la scoperta di questo suo aspetto, e avevo accettato anche questa parte di lui.

Ma poi il tradimento si era sfacciatamente concretizzato, il tradimento fine a sé stesso, non era nemmeno innamorato dell'altra... appena io me ne accorsi, lui la lasciò... e a seguire ci furono le promesse del caso.

Ma qualcosa di terribile era ormai accaduto.

E da allora mi sentii precaria...

PRECARIAMENTE

Le tue radici,
tenaci fibre
di volontà e desiderio,
mi hanno scavata
a suggere la linfa di miele
che assaggiasti
e ti fu grata sorgente
di nuova vita,
e fu simbiosi.

Nella foresta di pietra
la nostra quercia sfida l'inverno,
rami protesi al cielo
a chiedere calore e luce.

Trepidante attendo l'estate
generosa, e gelosa
dei tuoi frutti maturi
dolci di me,
timorosa del fulmine
che abbatterà la pianta.

NEL LIMBO

Era la prima volta che scoprivo il potere distruttivo del tradimento.
Credevi che il tuo amore fosse maturo, generoso, incorruttibile?
Illusa.
Ti scopri vulnerabile, misera, impaurita, disancorata. Anche stupida.
Combattuta tra il desiderio di essere al di sopra, di continuare ad amare con pazienza e lungimiranza, senza farti travolgere dalla gelosia di possibili rivali, e d'altro canto il bisogno di sapere, di controllare i suoi movimenti per capire se c'è un'altra all'orizzonte.
Arrivi a spiare nel suo telefono mentre lui non vede. Come in guerra.
Ne va della tua vita, o uccidi o ti uccidono.
Il tradimento distrugge, e anche tu tradisci… la tua dignità.

Passarono mesi avvolti nell'incertezza. Passò più di un anno
Restavo appesa al debole filo della speranza che lui stesse solo attraversando una crisi presenile, uno di quei momenti in cui gli uomini, e a volte anche le donne, sentono il bisogno di sparare le ultime cartucce della seduzione, quasi che la conferma del loro potere di conquista esorcizzi la vecchiaia che avanza.
E allora aspetti con pazienza, sopporti il tormento, e reciti il mantra dell'illusione.

Prima non avresti mai immaginato di essere così imbecille.

PRIMITIVO DI MANDURIA

Una ruga si è aggiunta
sul tuo viso di vento e di sole,
un altro anno è passato,
e un altro dolore sul mio cammino.
Elfo dei boschi
forzatamente incastrato
in una vita ordinata e ordinaria
che svilisce il tuo spirito,
privato del respiro selvaggio
che appartenne alla nobile stirpe
che ti generò
e impresse il marchio
della fierezza nel tuo profilo,
ti umili oggi a ricercare
nel tradimento
emozioni di ripiego.
Saldo cuore e animo pietoso,
fuoco nel petto,
sangue come vino corposo,
forti braccia e mani generose...
libera il gesto e la parola,
torna innocente e silvestre,
leggero e spoglio,
timido e irruente...
Riprenditi quella purezza
che illuminava i tuoi occhi,
che ti apparteneva per natura,
a cui molti non hanno accesso
per stratificati vizi congeniti.

Torna invincibile!

ETERNAMENTE TUO

Non c'è bisogno di cogliere sul fatto un uomo per capire che ti tradisce.

Poi, come sia questo nuovo amore, una fiammata destinata a spegnersi rapidamente oppure un amore duraturo, ancora non si sa.

Sarà il corso degli eventi a deciderlo.

Qualcuno scrisse che gli unici amori eterni sono quelli non corrisposti o non consumati.

Gli amori non consumati sono quelli che non si sono messi in gioco, rimasti alla superficie, incontri clandestini che hanno sempre il sapore dell'eccezionalità, nutriti dal piacere sottile della trasgressione. Così un innamoramento non si può trasformare in amore, e perdura in quella sua forma bruciante che non avrà mai tregua, e sarà eterno.

E' il quotidiano, la condivisione della normalità, che ci dice se si tratta di un vero amore, e che probabilità ci sono del suo perdurare.

Lo capii quella sera, seduta con lui sulla terrazza a sorseggiare la tisana, che si era innamorato di qualcuna.

Avrei potuto chiederglielo e forse avrebbe confessato, oppure avrebbe negato perché in fondo stava bene con me, e chissà se avrebbe rischiato di perdermi.

Invece scelsi l'attesa.

Noi donne quando amiamo siamo caparbie, siamo eroiche, siamo pazienti. Forse siamo pazze.

L'ALTRO AMORE

Ti ho guardato
alla luce impietosa
della notte cittadina,
in quel presepe di finestre accese
che simulava una presunta pace.
Ti ho guardato
coi miei occhi ciechi
di animale notturno,
e ho visto
che hai la bestia nel cuore.
È forse quel rosicare
di un amore non ricambiato,
quel fiato corto
di parole non dette,
quel vuoto
dove si spegne il sorriso,
quel segreto che non mi vuoi confessare.

Potrei amarti più forte
per addolcire la tua pena,
potrei dire amorose parole
non necessarie,
farti carezze
non richieste,
inflazionare i minuti
con la retorica del tutto passa.
Resterò invece paziente
a distanza di sicurezza,
a seguire con lo sguardo
i tuoi voli inquieti
in quello spazio circolare
dell'indeterminato.

Ti amerò più piano allora,
per non disturbare,
magari fingerò di non amarti,
affinché possa guarire il tuo cuore
battendo piano il ritmo
di una convalescenza faticosa.

MASOCHISTICO BLUES

almeno lasciati amare
con l'eleganza dei gatti
che si fanno percorrere
dalla mano affamata
di calore e di seta

almeno quando fuori piove
fatti tana sulle mie ginocchia
accoccolato accanto al fuoco
del mio ventre
che brucia di te

almeno concedimi,
in quella breve sosta
che ti porta al mio cortile,
la fedeltà del cane
che lecca la mano
che lo ha percosso

almeno sorridimi

LA PIOGGIA, NEI TUOI OCCHI NERI

La pioggia, nei tuoi occhi neri
mentre segui
alla moviola
il mio passo affaticato
negli stivaletti rossi.
E la pozzanghera
che per un attimo
è stata cupo specchio al mio passaggio
è diventata lago
e poi mare
e oceano che ci separa
sulle opposte sponde
dell'incomprensibile.

SCEGLI ME!

Non mi ero ingannata, era proprio innamorato.
Oppure, finalmente, aveva trovato una che ricambiava il suo sentimento; la conquista era fatta!
Questo lui aveva creduto... perché ben presto dovette accorgersi che non era proprio così.
Ci sono uomini in crisi presenile, e ci sono anche donne in crisi presenile. Donne che hanno voglia di vendicarsi di un tradimento, di prendersi una giusta rivincita, concedersi a loro volta il piacere della trasgressione, del lasciarsi corteggiare e stare al gioco, sentirsi ancora seduttive e vitali, belle anche con le rughe, desiderabili...
A volte sono donne intelligenti e consapevoli, non hanno nessuna voglia di rompere davvero il loro consolidato matrimonio con un uomo che comunque amano di un amore forse lontano dall'incendio dei primi tempi, ma cementato da affinità elettive, accudimento, complicità, rispetto e stima, condivisione di tutto un mondo di amici parenti e conoscenti e anche luoghi e oggetti.
E quindi, siccome sono donne più oneste con sé stesse e con gli altri di quanto solitamente lo siano gli uomini, chiariscono fin da subito che non lasceranno il marito.
Palesano senza falsi pudori il loro desiderio di una focosa passione purché marginale, alternativa, che non intacchi un rapporto che è comunque privilegiato. Anzi, che lo vivacizzi! Lo scrivono persino su Facebook, a puntate, e le amiche altrettanto disinibite mettono tanti like. Avevo anche fatto copia-incolla di quel social-elogio-del-tradimento, per studiarmelo poi con calma. ...Magari imparassi a farmi furba pure io.

Tornando a lui, accadde dunque quel che inevitabilmente avrebbe dovuto accadere. Lo colsi in flagrante. Dapprima negò ma poi una sera confessò di essere innamorato seriamente e di voler lasciare la nostra casa.

GLI INGANNI DELLE DONNE

Sul tavolo stamattina
l'aroma di una tisana,
briciole di torta di mele,
e biscotti allo zenzero.

Nel cuore stamattina
fiele di stupide bugie
con cui rivesti di pudico cencio
la volgare nudità del tuo cercare
l'effimero piacere
di un qualunque femminile consenso.

Sul viso stamattina
il sale di un liquefatto amore
umiliato dai tuoi sciocchi tentativi
di ciò che credi libertà,
e invece t'incatena
al primitivo soggiacere agl'istinti.

In testa stamattina
acido flusso di pensieri
corrode le certezze...
arrugginiti sentimenti di affetto, amicizia, amore
compaiono sotto scrostate dorature
che ci illudevano che forse,
stavolta,
siamo state tanto amate....

PER SEMPRE NEL CUORE

Poi si prende atto. Non puoi trattenere chi non ti ama. Si procede dunque all'elaborazione dell'evento.
Ci sono parecchie strade da seguire.
Quella del "chi non mi vuole non mi merita", ad esempio, che è quella che io ritengo in assoluto la più imbecille.
Io avevo scelto "l'amorevole rassegnazione per il suo bene". In fondo è questo l'amore no? Il bene dell'altro. Soffro per amor suo. La famosa religione del masochismo.

Lui mi telefonava tutti i giorni, per rendere meno brusco il distacco. Qualche volta passava a prendere un caffè d'orzo.

Nel frattempo era cominciata la tipica sindrome: stomaco chiuso, perdita di peso, insonnia, tachicardia.
Valium come acqua fresca.
E però veniva fuori prepotente la voglia di lottare per il mio amore, per me stessa, per riavere la mia felicità. Una guerra disordinata e disorganizzata, priva di strategia perché gestita dalla pancia e non dal cervello.
Ma comunque non è importante, perché le guerre in questi casi sono perse in partenza. L'amore non ha una ragione se non la sua stessa esistenza, e quando cessa da una delle due parti non c'è argomento valido che tenga.

Un brutto giorno, anzi una sera, lo chiamai io al telefono ma non mi rispose. Non me ne preoccupai, e attesi che chiamasse lui l'indomani, come era solito fare. Però non lo fece, e in tarda mattinata richiamai. Nulla. Riprovai ancora altre volte. Nel pomeriggio ero preoccupata. Non vedevo ragione per cui improvvisamente non mi rispondesse più; mi prese l'ansia che gli fosse accaduto qualcosa di grave; non era da lui un simile comportamento. O così credevo...

Tentai di chiamarlo, a ripetizione ("mi ha fatto 84 tra chiamate e messaggi in un solo giorno" ebbe a dire lui in seguito ad una persona, per screditarmi), ma io ero davvero in preda al terrore, anzi in preda a quello che il medico in seguito definì uno stato di shock.

In tarda serata arrivò questo messaggio: "Sto bene grazie. Voglio essere lasciato in pace".

Avrebbe potuto dirmelo subito, alla chiamata della sera prima. Magari con un po' più grazia.

Anni prima, prima quando mi amava... penso... anche se già mi aveva tradita, mi disse una volta: "se un giorno per qualsiasi motivo ci separassimo, ricordati che tu sarai sempre con me, nel mio cuore, e non ci sarà giorno che non penserò a te. Tu sei una persona troppo importante nella mia vita."

Ipse dixit.

STORIA DI ORDINARIO ABBANDONO

Sono stata sfrattata dal paese
dell'Amore Eterno.
In un giorno di prima estate,
con breve informatico messaggio,
tu, al riparo dalle mie lacrime,
mi hai chiesto indietro le chiavi
del tuo cuore
dove avevo preso residenza
a tempo indeterminato...
Mi hai detto grazie
per aver dipinto le stanze
degli intensi colori del sogno,
e per i profumati incensi,
ma il contratto è scaduto
(non ci sono amori eterni hai detto)
e già vagheggi una nuova inquilina.
Incredula ho esplorato per giorni
questo nido che credevo mio per sempre,
respirando piano per non disturbare,
cercando nel ricordo delle dolci sere
le prove della felicità perduta,
frugando tra le chiacchiere quotidiane
per trovare ragioni al disamore,
modesta dimora
(ora lo ammetto)
che io credevo reggia,
dove avevo trovato rifugio
nell'illusione di saldo cuore
e parola sincera.

AMORE MIO, CHI SEI?

Ma chi è la persona che ti ha lasciato? È quella stessa che avevi conosciuta tempo prima, della quale ti eri innamorata, o è un'altra persona?

E se è un'altra, quando è cambiata? Perché non te ne sei accorta?

O sei cambiata tu? O tutti e due?

Non sempre un rapporto crolla per incompatibilità.

E potrebbe anche essere che uno rivoglia la sua libertà sentimentale per fare nuove esperienze, per rimettersi in discussione come maschio (o femmina) e valutare la sua capacità seduttiva, per rapportarsi con l'altra o l'altro in modo nuovo.

Credo che questo fosse accaduto a lui.

In quegli anni con me era cambiato, aveva imparato la passione.

E adesso aveva voglia di sperimentare con altre donne quel nuovo uomo che era diventato, non con me che ero stata diretta testimone del cambiamento....

Insomma, mi ero data la zappa sui piedi....

STELLA GEMELLA

Ci fu un tempo in cui ero felice,
felice di tutto e di niente
come lo si è solo da innamorati.
Avevo un grande amore nel cuore
e un grande uomo al mio fianco.
Nell'archivio della mia memoria
sono "gli anni del Maggiolino".
Quel vezzeggiativo del suo cognome
in certo modo lo rappresentava,
anima nitida
di primavera in campagna.
Amavo la sua incerta parola
e lo sguardo fuggevole
in antitesi all'ostinata determinazione
di chi è sicuro della sua strada
per semplice atto di fede,
e pur curioso di sapere e di cambiare.
Pendeva dalle mie labbra
e io pendevo dal suo cuore.
Sapevo che questa specie d'uomo
è in via di estinzione,
ma non immaginavo
che sarebbe accaduto a lui,
che avrebbe perso quella sua verginità,
contaminato dai simboli
dell'apparire e del dimostrare...
Mi chiedo se sono stata io
a corromperlo,
mentore mio malgrado
di una cultura deteriore.
Mi ha abbandonata molto prima di andarsene,
lasciandomi sola nella mia illusione

di stella gemella,
perdutamente innamorata del ricordo
di un uomo
che non esiste più,
ormai sepolto dagli inganni.
Ora so di non essere nemmeno
una stella
solo un asteroide impazzito
scagliato
ai margini dell'universo
lungo la curva pericolosa
di uno spazio-tempo che non mi appartiene.

CONTINGENZE

Può accadere che in una coppia quella che prima era la parte economicamente più forte, e metteva a disposizione le sue risorse, diventi invece la parte debole, e chieda supporto all'altro.
Ma l'altro potrebbe non essere pronto.
Egoismo? No, tutt'altro. È che a volte uno ha già lottato una vita e potrebbe spaventarlo calarsi nuovamente nel ruolo di chi deve trovare le risorse.

Sono colpevole di non aver valutato questa variabile.
Lui si era forse ritrovato oberato di nuove responsabilità che non voleva più sostenere.
Peccato che non lo disse a me, e non lo disse in quel modo.
Lo disse ad una sua amante, che io stavo con lui per sfruttarlo economicamente, e che lui stava con me per compassione, ma si stava organizzando per lasciarmi.
Ma il mondo è piccolo e le amanti dopo essere state a loro volta lasciate chiacchierano…
Sarebbe stato più semplice parlarmene sinceramente, dirmelo che non se la sentiva, e trovare assieme una soluzione. Assieme l'avremmo trovata. Ma lui diede per scontato che siccome il problema era mio lo dovessi risolvere io.
Io invece avevo creduto che il problema fosse nostro. Ero rimasta a quando eravamo una coppia.

ZENZERO E CANNELLA

Ti incontrai un giorno
quando non ti cercavo,
tu travestito
da quello che non cerca nessuno,
ma ti riconobbi
e vidi negli occhi limpidi
la tua fame antica.

Incatenato cuore mi offristi
per essere avviato
ad una nuova grammatica d'amore,
ed io firmai l'impegno
inventandomi mentore,
maestra di alcova e di poesia,
io, autodidatta
con innata sapienza di femmina.

E fosti tu per me palestra
ove esercitai l'attesa
e il silenzio
ed il perdono.
Fui miele per le tue amarezze,
fui tisana di zenzero e cannella
che tu bevesti a lunghi sorsi
inebriato di spezie mai provate.
E anch'io bevvi al dolce calice
fonte di magia che credevo infinita,
ubriaca del mio amore,
resa cieca alla realtà.

Fino a che la sorte
ti chiese di pagare il prezzo,

di prendermi per mano e di condurmi,
di esercitare l'attesa e il silenzio e il perdono.

E fu così che ti accorgesti
di non amarmi come prima.
Fu semplice:
mi sollevasti
con due dita,
come per buttare
il filtro
di un infuso
ormai usato.

PER POCO NE MORIVO

La parte più difficile non è quella a botta calda.
Stai malissimo è vero, ti sembra che non sopravvivrai, ma sai che
invece c'è già passata quasi tutta l'umanità in quell'inferno, e che in
qualche modo ne è uscita.
Ne uscirai anche tu. Devi solo portare pazienza, stringere i denti e
aspettare che i giorni scorrano. Meno uno... meno un altro.
Prima o poi guarirai. E per intanto ti limiti a tenere a bada la voglia
di ucciderti.
Naturalmente fai le cose opposte a quelle che dovresti fare per
guarire. Cerchi la solitudine invece che la compagnia degli altri, ti
isoli, ti crogioli nella tua sofferenza, eviti di impegnarti troppo.
Ed è quasi piacevole quella sofferenza sublimata, come se fosse una
purificazione, l'espiazione della colpa di non aver smesso anche tu di
amarlo quando lui ha smesso di amare te, per lasciarlo andare via
senza rimorso.
Ma avrà avuto qualche rimorso?
Difficile... chi ti ha lasciato per un altro amore si sente giustificato
dall'altro amore. Innamorarsi di un altro non è una colpa, me lo
aveva scritto anche "l'altra", la tipa per la quale ero stata lasciata.
Che aveva dimenticato che quando lei stessa era stata tradita dal
marito la pensava in modo diverso. Per poco ne moriva, mi aveva
detto. Ma va...?

L'ULTIMO GIORNO

Stavo sola, in quei tempi,
gente andava e veniva nella casa,
ognuno faceva quel che doveva fare
e poi usciva;
io spostavo sedie
aprivo bottiglie di vino
preparavo tisane
e qualcosa da mangiare.
Ringraziavano e poi andavano.
C'era un sottile piacere in quella solitudine,
una malinconia ottusa come un barbiturico
nella quale mi crogiolavo.
E il dolore,
che si modulava secondo la stagione
o la stanchezza
o il vento, o la luna, chissà,
il dolore mi faceva sentire viva,
presente,
e dilatava il mio tempo,
e restringeva il mio agire.

Stavo sola, in quei tempi, giornate intere
quando era festa,
in casa,
ed era come se mi vedessi in un film,
mentre mi preparavo il bagno,
e poi andavo in cucina
e apparecchiavo il tavolo di cristallo
per mangiare un'insalata e una mela,
e pensandomi così nella mia frugalità,
mi facevo tenerezza.

Mi piaceva il silenzio della casa vuota,
senza chiacchiere televisive,
anche senza musica,
la mente libera di fluttuare
tra sogni e ricordi,
coltivando qualche piccola speranza
pur sapendola vana,
e godendo tuttavia
di quella lucida consapevolezza
che mi faceva galleggiare
al di sopra di ogni paura.

Qualche volta uscivo,
il cappottino rosso confuso
nel variopinto fluire
della linfa metropolitana,
nell'anonimato degli autobus
che ci ingoiano a una fermata
e ci risputano un po' più in là,
e mi deliziavo della splendida solitudine
che la città può offrire.

Era bello sentire il debole pulsare
della mia piccola vita,
una scintilla di energia
confusa tra le tante,
e ritornare al mio guscio
stanca per innaturale patologica fatica,
e scegliere se leggere un libro
o scrivere una poesia,
consapevole di questa libertà
di decidere
che quello
potrebbe essere
se lo volessi,
l'ultimo giorno della mia vita.

IPERSPAZIO

Avevo solo quattordici anni
in quella estate del '69
e io vivevo in un puntolino
del pianeta Terra
ma già sognavo il cielo,
e siccome non sono stata mai
una romantica
e nemmeno da ragazzina
vivevo sulle nuvole,
avevo pensato a un'astronave.
Anch'io sarei andata a Huston
un giorno,
con la mia laurea in astrofisica,
e un ennesimo Saturno
avrebbe sparato
nello spazio
un ennesimo Apollo
magari verso Marte,
e io come la cagnetta Layka
sola nella capsula,
ma dalla Terra
tutti mi avrebbero guardata
e io avrei conversato con Tito Stagno
e dall'America sarebbe giunto il "go"
vai Lucia, ce la farai,
siamo tutti con te.

In casa avevo una bambola
ma ci avevo giocato poco,
e invece avevo letto tutta
ma proprio tutta
l'enciclopedia Conoscere

e ancora ricordo
come l'avessi ora qui
la tavola del sistema solare.
Forse lì mi avevano portato le tue fiabe,
che mi sussurravi all'orecchio
in quel letto a forma di luna
in quella veranda dove
entravano le stelle
in quella luce soffusa da via lattea,
in quella musica selenica di Vangelis.

Sei stato tu a dirmi "go", vai,
vai Lucia che sei ok,
vai che io sono con te.
Poi un giorno te ne sei andato
e io ho perso il contatto
con la terra
"Huston rispondete"
e io come la cagnetta Layka
sola nella capsula.

Ho provato a rientrare nell'atmosfera,
ma non è facile
con i soli strumenti di bordo
ritrovare l'angolo d'ingresso.
Credo che resterò in orbita
per sempre.

E POI I RIMORSI

Perché non sei stata più attenta a lui? Perché non hai colto i segnali? Perché hai dato per scontato che lui non avesse problemi solo perché non te ne parlava?

Certo, avrebbe potuto esprimerti il suo disagio, ma tu avresti anche potuto intuirlo, indagare.

Quanti errori hai fatto?

Vorresti che lui fosse qui per un momento e chiederglielo.

Ma sarebbe forse inutile, lui non è il tipo che va a vedere la pagliuzza nell'occhio altrui.

Io lo avevo sempre ammirato per questo, ed era stato per me un buon esempio.

E anche diceva spesso: "Non bisognerebbe mai dar nulla per scontato" … "È vero" gli rispondevo. Ma poi lo abbiamo fatto entrambi.

Però un piccolo tarlo mi rode: se mi avesse parlato del suo disagio, lo avremmo risolto. Quale scusa avrebbe dovuto raccontare a se stesso per abbandonarmi? Perché è così, quando te ne vuoi andare, è meglio se l'altro commette errori. Così non abbiamo rimorsi. Possiamo anche cancellarlo, come persona molesta.

TERREMOTO

Rombo di tuono,
esplode l'aria che respiro
in boati muti
di parole non pronunciate
per non sentirne il peso
greve.

Mi aggiro da giorni tra le macerie
di ciò che fu
la lieta dimora di noi.
E attentamente misuro
il perimetro
e sperimento i pilastri
di ciò che resta.

Non fu colpa dell'onda
ma dell'incuria,
muri di pietre fragili
e sabbie non coese,
nell'illusione che mai soffiasse il vento,
avendo creduto al sogno
di una terra senza tempeste.

E ora ridisegno la geometria
della nuova dimora,
con generoso impeto
progetto nuove alcove
in cui amore rifiorisca.

Mi servono rocce,
e solidi laterizi
perché lungo è stato il lavoro

che ora è franato
e lungo sarà il lavoro
che mi attende.

PRECIPIZIO

Non è mica semplice guarire dall'abbandono. Ci sono le ricadute, e certe sere vorresti addormentarti e non svegliarti mai più. Senti di non avere più nulla da dare, nulla da sperimentare, nulla in cui riporre la tua ragione di vita.

Ed è inutile fare appello alla razionalità.

Sì, lo sai che in fondo hai tanti doni dalla vita, che puoi fare tante cose, che certamente sul pianeta sono molte di più le persone che stanno peggio di te di quelle che stanno meglio. Lo sai che ci sono attorno a te tante persone che ti vogliono bene, i tuoi figli, gli amici cari.

Ma la voglia di vivere non nasce mai da ciò che hai, ma da ciò che sei. Fintanto che sei distrutta, fintanto che non hai davvero deciso di vivere, la voglia di nasconderti in un bozzolo di sopravvivenza a coltivare funesti pensieri ti può sommergere da un momento all'altro.

SPEGNERSI FINALMENTE

Sola
nella culla di piume e di lana
mi avvolgo, raso terra, nel vuoto
spazio di una stanza troppo grande.

Freddo
dentro il bozzolo delle coltri
l'anima è un atomo sperduto
in un universo parallelo.

Pianto
che sommerge il dolore
come quieta acqua di lago
priva dell'impeto dell'onda.

Morte
che si aggira nelle stanze silenziose
eliminando con metodico puntiglio
ogni fiammella di vita.

Spegnersi finalmente,
lampada esausta,
finito l'olio,
disperso invano il tiepido chiarore
che per un lungo attimo
ha offerto sé stesso alle tenebre,
dono inutile ad un freddo cielo
privo di speranza.

NINPHEA SELVAGGIA

Per un momento
mi sono confusa con la terra
quando mi sono uccisa,
ed era autunno
quasi,
e tutto si preparava a marcire.
Il mio corpo magro
si è dissolto nell'humus
e tutto quel dolore,
del corpo
e del cuore,
se l'è preso l'albero
succhiandomi con le sue radici.
Ora sono rinata fiore
dentro lo stagno
e sono bianca
di verginale livrea
in attesa del rosso
della prima ferita.

METAMORFOSI

Saranno stati i mitocondri di mia madre. Lei era una guerriera, e la pensava come Che Guevara: puoi perdere qualche battaglia, ma tu pensa a vincere la guerra.
Ebbene lo avrei attraversato quel dolore, come si guada un corso d'acqua infido e limaccioso per risalire sull'altra sponda.
E no, non avrei ucciso quell'amore. Lo avrei trasformato.
Gli scrissi una lettera di addio che non gli inviai mai.

Amore mio,

chissà se te lo ricordi quello spiazzo soleggiato, con le panche di pietra e i tavoli di legno sotto gli alberi, lassù verso il passo della Bocchetta, dove mi portasti per quella prima gitarella insieme. Quel giorno eri uscito un po' prima dal lavoro, ed eravamo scappati là, in mezzo al verde, spensierati e istupiditi d'amore.

Chissà se ricordi quell'emozione innocente, infantile, primordiale, pura, come fossimo due ragazzini alla prima cotta, come se fossimo il primo uomo e la prima donna nell'universo.

Era aprile, era primavera, era una bella giornata. La natura era nostra complice.

Io mi ero seduta su di un tavolo perché la panchina era scomoda, e tu ti eri seduto dietro di me, alle mie spalle, accogliendo le mie natiche nell'incavo delle tue gambe aperte, e mi tenevi abbracciata, la mia schiena contro il tuo petto, circondandomi le spalle con le braccia, i nostri visi illuminati da una luce obliqua; e ci siamo bevuti il sole, e la brezza, e i profumo dell'erba e lo stormire delle foglie e il cinguettare degli uccelli.

Chissà se lo hai mai rivissuto, in un altro amore, un momento così pulito, così incredibilmente sincero, così essenziale.

Io so che non lo rivivrò mai più. Perché non troverò mai più quell' innocenza, quella tua verginità sentimentale che mi aveva rapita.

No, neanche tu lo hai più rivissuto un momento così, né lo rivivrai, perché quella verginità l'hai perduta per sempre. Perché siamo vergini una volta sola.

Ricordo che non ti capacitavi di sentire quel terremoto nel cuore per la prima volta a cinquant'anni; quante volte me lo ripetesti, con stupore, lo sguardo che per un attimo si perdeva nei miei occhi e poi pudicamente si abbassava, quasi ti vergognassi di un sentimento così impetuoso, strabordante, più conforme all'età giovanile e quindi apparentemente fuori luogo.

Ci sono tornata in quel posto sai, ci sono tornata da sola per riconnettermi con quella felicità, per chiedere al cielo di farmela rivivere per un solo attimo, e ho sperato in una goccia di rugiada, in un fringuello canterino, in un raggio di sole, in un profumo, qualcosa che ripercorresse nella mia testa le strade della memoria a far riaffiorare ancora per un momento quella irripetibile magia.

Ma non era giorno da miracoli, l'inverno imprigionava il bosco in una fissità gelida, e me ne tornai a casa infreddolita con il cuore triste.

Ho pianto ancora quella sera, perché ho capito che nessun nuovo amore mi avrebbe mai ridato ciò che mi avevi tolto col tuo rinnegarmi per sempre, così all'improvviso, quel giorno in cui sono morta di dolore, come se questa storia di noi due fosse sparita in un attimo in un universo parallelo, e io rimasta lì, in una non dimensione, senza poter guardare indietro verso qualcosa che non è mai esistito, privata di una fetta del mio passato.

Cerco una ragione, ma non ne trovo, e voglio immaginare che sia stata la tua nuova compagna a pretendere quest'olocausto e che tu non avresti voluto cancellarmi in quel modo totale, perché solo così posso continuare ad amarti di quell'amore puro ed eterno che si riserva a coloro cui si è donato il proprio cuore.

È stato quel tuo gesto che mi aveva stregata, ora lo so, quel tuo abbracciarmi alle spalle, accogliermi dentro la nicchia del tuo corpo, quel gesto che poi hai ripetuto mille altre volte, e ogni sera prima di addormentarci.   Era quel gesto che mi era mancato da sempre, nessuno mi aveva mai assorbita nella sua stessa essenza.   Era il mio sogno realizzato, la felicità raggiunta, l'identità ricomposta. Io ero parte di un noi. Il mito greco dell'ermafrodito. Chissà se te l'ho mai raccontato?

In un tempo antichissimo, narrava Aristofane, tutti gli esseri umani erano doppi, due teste, quatto mani, quattro piedi, ed entrambi gli organi sessuali. Questo dava loro una grande potenza, e divennero superbi, ribellandosi agli dei. Zeus, per punire un simile oltraggio intervenne, e con un fulmine divise a metà i ribelli. Gli umani furono da allora maschi e femmine, ma furono più deboli. Da questa divisione nacque in loro il desiderio di ricreare la primitiva unità, tanto che le due parti null'altro facevano che stringersi l'una all'altra, e così morivano di fame e di torpore per non volersi più separare. Zeus allora, per evitare che gli uomini si estinguessero, mandò nel mondo Eros affinché, attraverso il ricongiungimento sessuale, essi potessero ricostruire fittiziamente l'unità perduta, così da provare piacere e riprodursi e potersi poi dedicare alle altre incombenze cui dovevano attendere.

«Dunque, al desiderio e alla ricerca dell'intero si dà nome amore »

Ci ho creduto, io, in questo amore sacro, perché ho voluto crederci, perché quella maschera te la sei tenuta sempre addosso fino all'ultimo giorno, quando già stavi con l'altra e ancora mi dicevi che ci saremmo voluti bene per sempre come amici, che non avresti potuto nemmeno pensare di non sentirmi in qualche modo vicino, e ho creduto che il nostro fosse stato davvero un grande amore, e che si sarebbe solo trasformato in un amore diverso, per lo meno in un grande eterno affetto.

E posso solo incolpare l'altra per poterlo credere ancora, che se così non fosse dovrei pensare di aver amato un mostro.

VOLO LIBERO

Dove eravamo quel giorno,
che sembra ieri o forse una vita fa,
dipende,
quel giorno che mi chiedesti
come posso amarti?
ed io risposi
come una bambina fiduciosa,
una bambina vecchia di dolori
e viva di magiche attese.
Dove eravamo,
forse in uno di quegli angoli di Liguria
dove ci lasciavamo avvolgere dal tramonto,
dove tre fiumi immaginari
si riunivano sotto il ponte dei sospiri e dei baci,
o forse eravamo semplicemente
nel giardino dell'anima che si prese il tuo cuore.
Dove eravamo non so,
ma ti risposi tieni stretta,
tieni stretta tra le tue dita
la cordicella del mio aquilone,
che tu possa seguire il mio volo
e tirarmi a terra se il vento mi dovesse catturare.
E quando tu lasciasti la presa,
il giorno dopo o forse dopo una intera vita,
ebbi timore del vento e piansi a lungo,
come una bambina vergine al dolore,
una bambina vecchia di sogni disattesi.
Venne lo scirocco,
saturo di sale e odoroso di mare,
e poi la tramontana dell'inverno.
I venti si impossessarono di me,
e il mio corpo sempre più leggero

non oppose resistenza.
Non sapevo che sarei andata così in alto,
e quando ho visto allontanarsi il pianeta
e tutto farsi piccolo,
quando le voci si sono attutite e poi spente,
quando ho capito che quel tuo gesto
di lasciarmi andare
aveva cambiato per sempre il mio destino,
ecco allora ho pensato che forse era stato Dio
ad aprire la tua mano
e liberare il mio aquilone.
Ora ti vedo sai,
su quel ponte dei sospiri,
dove ancora stai cercando quel terzo fiume,
o forse cerchi una donna
che ti regali un aquilone,
un aquilone da tenere stretto e non mollare più.

MELANCHOLY BLUES

La malinconia non è depressione, non è tristezza, non è nemmeno mancanza di allegria.

Non è incompatibile con la gioia.

Per me è sempre stata una medicina dell'anima. Quella terra di mezzo dove ho potuto curare le mie ferite senza precipitare nell'abisso della depressione, e se per qualche breve istante ci sono caduta, nella depressione, la malinconia è stata sempre la mia scialuppa di salvataggio.

Credo sia impossibile spiegare la malinconia a chi non la conosce.

La si può evocare con la poesia, forse.

COSA RESTERA'

In una scatola da scarpe rivestita di farfalle
ci sono i miei ricordi di una vita.
Ieri, la festa di San Giovanni,
era per me un giorno della memoria.
San Giovanni è stato l'alfa e l'omega,
un ciclo di vita aperto e chiuso,
una sola decade in cui la pianta
dopo anni di fioriture
strappate dalle intemperie
ha maturato i frutti.
In quella giornata speciale ho aperto
la scatola dei ricordi,
e li ho sparpagliati sul tavolo di legno.
Ho rivisto il libriccino di preghiere
rivestito in madreperla
che risale alla mia Prima Comunione;
è il ricordo più antico.
C'è una biciclettina di tulle e confetti,
che rappresenta la nascita di Stefano,
e partecipazioni
per tutte le ricorrenze familiari,
e letterine di Natale,
e tanti "ti voglio bene mamma"
scritti su bigliettini dalla forma
di improbabili cuori.
Ci sono lettere d'amore importanti,
e anche lettere del disamore e del rancore
di chi non seppe amarmi ma mi rimpianse.
Un fazzolettino di pizzo,
un accendino color bronzo,
bigliettini colorati e minuterie.
Tutto ho accarezzato

con lo sguardo e con la memoria
e tutto ho riposto e richiuso con cura.
Mi sono chiesta a chi
potrei lasciare in eredità i ricordi
se per caso domani dovessi partire
per quel viaggio senza ritorno.
I miei figlioli troverebbero
la scatola con le farfalle,
gli occhi pieni di lacrime.
Stefano terrebbe la biciclettina di tulle
e Mattia quella poesia dedicata a lui,
ma cosa ne farebbero
del bigliettino color avorio
con scritto "delete mistake"
rimpianto di un innamorato non corrisposto?
O di quella tua prima lettera d'amore
e di quella spiga di grano
che mi portasti dal Salento?
Ho capito che è difficile lasciare a qualcuno
i propri ricordi;
per esempio i ricordi del nostro amore
non interessano più nemmeno a te
che sei lanciato nel futuro
e cancelli il passato
cambiando un nome di donna
come si cambia una password.
Volevo inviarti le fotografie
di te quando mi amavi
ma l'informatica mi è stata avversa
e la mail non ti è giunta,
forse un segno del destino.
E poi ci sono i ricordi senza corpo,
che non sai proprio dove riporli.
Tipo quelle sere a Castelletto
con la granita di Don Paolo,
dove finiranno?

E che dire della musica,
di quella malinconica "Danza in re minore"?
Cosa sono mai i ricordi
spogliati delle loro emozioni,
chi sono io,
spogliata del rimpianto di chi mi amava?
Pezzo a pezzo tutto volerà via
man mano che la memoria
si farà lacunosa
e anche io avrò dimenticato,
e nemmeno riuscirò a raccontarmi.
Alla fine, resterà di me una manciata di geni
e un'impronta, una debole impronta
nel cuore dei miei figli,
non per le parole che dissi
ma per le fiabe che raccontai
stringendoli al mio cuore.

FIORI ROSSI

L'étoile entra in scena per un assolo
volteggiando lieve sulle punte
nella corolla rossa del tutù,
il corpino scollato
che evidenzia un busto efebico
di bambina.
Così sono le ballerine,
creature senza tempo
eternamente giovani
perfettamente intercambiabili
come i fiori del mio ciclamino
che da ottobre è sempre fiorito.
Tanti fiori sono morti
e altri sono sbocciati
ma lui è sempre il mio ciclamino
e se guardo la foto che gli ho scattato in autunno
e quella dell'altro giorno
non saprei dire quante corolle in questi mesi
hanno piegato il capo umilmente
nascondendosi tra le carnose foglie
a cercare una morte dignitosa e nascosta
mentre nuovi vigorosi boccioli
si srotolavano verso il sole.
Trascinata da una musica struggente
la ballerina riempie il palcoscenico
con la sua macchia di colore.
Io non la perdo nemmeno un istante
dalla mia postazione defilata
posto 3 fila 21
proprio vicino alla colonna,
non c'è mai nessuno lì nei paraggi,
tutti preferiscono le file più avanti

e i posti più centrali
e io resto sola
così nessuno fa caso alle mie lacrime
e posso piangere tranquilla
come quando ero bambina e piangevo di abbandono
nascosta nella mia stanza.
E ancora adesso piango di abbandono
anche se il dolore di oggi è più sottile
come il rizoma di un fungo che ha infiltrato il mio cuore,
e non c'è più quella speranza che avevo allora
che forse un giorno qualcosa sarebbe cambiato.
Scrosciano applausi attorno a me,
si accendono le luci,
rimetto la giacca e lo scialle
che l'aria della sera è ancora fresca,
imbraccio la stampella che mi sostiene fino a casa.
Io ormai non volteggio più.

QUEL CHE RESTA

Camminavo
nella città umida di macaia.
Vento di scirocco
che alzava i lembi dell'abito
e occhi su di me,
occhi stupiti
che mi seguivano un breve tratto
abbandonandomi poi al mio destino.
Camminavo e non vedevo,
solo catturata da sguardi furtivi
di gente
catturata da me.
Mi sono guardata allo specchio,
dopo,
a casa,
ma non mi sono riconosciuta.
C'era riflessa una straniera,
una donna vestita di nuvole bianche,
fluttuanti attorno al corpo magro,
e quell'ondeggiare dell'abito di nuvole
scopriva un sotto-abito rosso.
Rosso come fiamma
o come sangue
rosso che cattura lo sguardo
rosso che fa battere il cuore.
Mi hanno stupita le mani:
le lunghe dita e magre
assomigliavano a viticci,
o a quei tralci lunghi
del glicine,
robusti sarmenti
per attaccarsi alla vita.

L'ho guardata in viso
quella sconosciuta,
quella straniera che era l'altra me,
l'ho guardata e ho sentito
un tuffo al cuore,
impietrita da quello sguardo verde
che non mi vedeva.
E quello svanire della sua testa,
una parte di lei che se ne andava via
risucchiata da una misteriosa
forza cosmica
che l'avrebbe rapita
pezzo a pezzo
a cominciare dalla memoria
e poi forse lo sguardo
e l'udito e anche il sapore
e infine il corpo intero,
tutta se la sarebbe presa l'universo,
polverizzandola in particelle sottili
che domani lo scirocco spargerà intorno
in quelle strade
dove chi la vide ieri
cammina distratto
accarezzato da soffi di vento
che portano il verde di quegli occhi
senza sguardo.

EQUILIBRIUM

"Dal letame nascono i fior" cantava l'amato De André, e tutto questo dolore, questo desiderio di morte, questo colpevolizzare lui e colpevolizzare me stessa, questa sensazione di insensatezza, questo vuoto di intenti e di afflati e di ragioni... si è poi decomposto, e una parte di me è morta davvero.

Accade sempre, quando la vita ci riserva una dura prova. Moriamo un po' per rinascere diversi.

Certo dopo siamo più cauti, sappiamo che la sorte potrebbe colpire ancora, e che ancora il sangue potrebbe scorrere.

La nuova donna non è ancora del tutto pacificata ma rilegge la storia d'amore con tenerezza e malinconia.

Tutto torna in equilibrio.

La gioia e il dolore.

Perché tanto si sa che l'amore è anche sofferenza.

A volte ci rode il dubbio: ma mi avrà mai amata? Ma poi riemergono i ricordi della felicità vissuta, e se quello non era amore... cosa è dunque l'amore?

E se anche lo avessi amato solo io? Dicono che si è più felici di amare che di essere amati, e io ci credo.

E questa narrazione finisce così, con le poesie della memoria e del perdono (di lui? di me stessa?) e con lo sguardo aperto all'amore.

Una cosa posso dire, che quando l'amore è stato così grande, allora è un amore eterno, e lo portiamo nel cuore per sempre, anche nella lontananza, e non passa giorno che non ricompaia almeno per un momento, rievocato da un profumo di fichi maturi, dalla vetrina di una pasticceria, da una fermata della metropolitana, da una qualunque inezia sia entrata nella nostra lunga storia.

Così è per me.

Proprio come aveva detto lui.

E lui? A volte mi chiedo se ogni tanto ancora pensa a me, se ricorda quel soprannome buffo che mi aveva affibbiato, o se quei mille chilometri tra di noi separano solo la Liguria dal Salento o anche il suo presente dal suo passato.

Ma non importa, io so di essere dentro di lui, con le mie parole, le mie tisane, i colori della mia casa, i miei sogni e la mia pazienza, ma sono lì in incognito, lui non lo sa e mi raccomando... non diteglielo mai.

ROSA DI SPADE

Domenica ho rinvasato il tuo alloro.
Volevo parlargli.
Una volta una donna dal nome sannyasin
mi insegnò a fare domande ai fiori
e ad ascoltare le loro risposte.
Ricordo il fiore che scelsi
in quel giardino ad Alpicella;
era un fiorellino bianco, umile,
che vive in gruppo, lo chiamano "nevina".
Girai il giardino, scelsi il fiore,
gli feci una domanda muta,
una domanda che nemmeno io conoscevo.
Ma lui sì, il fiore la conosceva la mia domanda,
e con mio grande stupore
mi diede la risposta,
e allora piansi, chissà perché,
e quando sollevai lo sguardo
mi accorsi che anche gli altri
nel gruppo piangevano,
persino quel pezzo d'uomo
del commercialista
aveva le lacrime agli occhi.
La donna dal nome sannyasin ci rassicurò
e ci disse che era normale,
tutti piangono quando parlano coi fiori.
Così ci ho riprovato domenica.
Prima ho sistemato la pianta
in un vaso nuovo
riempito di terra nera e ricca,
e poi mi sono seduta lì davanti
a cercare dentro me la domanda.
"Come sei cresciuto" gli ho detto.

Magari non te lo ricordi nemmeno,
o forse sì,
ma fosti tu a portarmi l'alloro
anni fa
quando abitavamo in quella grande casa
che avevo rivestito di colori,
accostamenti azzardati
di viola e rosa e giallo uovo
e rosso corallo
e le porte erano cornici lilla
che si aprivano su mondi colorati,
e le luci,
le avevi inventate tu quelle luci
enormi e soffuse,
e io le amavo
come amavo te
come ho amato quella minuscola pianta
che mi portasti una sera
con quel tuo modo "casual"
come mi portavi tutti i tuoi doni.
L'avevi posata lì in cucina
e per un po' rimase sul piccolo davanzale
e cresceva piano.
Adesso è alta come me.
"Come sei cresciuto, Alloro" gli ho detto,
e la domanda non mi veniva.
Ma come previsto l'alloro l'ha compresa
e per tutta risposta
mi ha fatto ricordare il Piccolo Principe
e la sua Rosa
e mi sono ricordata di quando ti lessi la storia
che tu non conoscevi
e te lo dissi che l'Amore,
l'Amore è come la Rosa,
richiede cure assidue per non morire

e te lo dissi (e me lo dissi)
che non esiste una Rosa senza spine.
Forse è per questo, per la paura delle spine,
che sei stato così cauto
e appena ti sei punto
hai deciso che il giardinaggio
non fa per te,
meglio fare come l'ape
che beve il nettare
posandosi lieve
sulle rose che altri coltivarono.
"L'Amore viene e va" mi dicesti,
capisti che non vuoi una compagna
e questo vai dicendo.
Lo so, ti spaventasti delle mie stampelle
e della mia sopraggiunta povertà.
Ma le stampelle ora non le ho più,
e non sono più povera,
è stato solo un momento difficile
come capita nella vita di tutti
e ho il pudore di non rammaricarmene troppo.
E nemmeno mi rammarico della Rosa,
io l'avevo coltivata, come l'alloro,
come l'alloro era cresciuta,
i petali carnosi
il profumo inebriante
il colore intenso.
E le spine assassine.

CICLI UNIVERSALI

Prima ero stella.
Prima, in un altro tempo,
o forse più in là, in un altro spazio,
in un altro dove e quando
io ero stella,
e gettavo luce attorno
e su di te.
Su di te gettavo luce e tu di me vivevi.

Prima ero stella
in un plasma brulicante di luce
e non sapevo del collasso
destino di tutte le stelle,
dei buchi neri
che imprigionano i corpi celesti,
e quando i fotoni impazziti
mi sono precipitati addosso
il buio dell'implosione mi ha ingoiata.

Prima ero stella
ma il mio viaggio
è finito in polvere cosmica,
e chissà per quale strano gioco
di questo imprevedibile universo
quella nuvola quantica
si è riaggregata
in una diversa combinazione atomica
tra le tante possibili
e indeterminate soluzioni
del mio futuro.

Primo ero stella

ed ora sono qui nel tuo giardino,
verde di clorofilla
e rossa di maturi frutti,
su di te getto la mia ombra
e io di te vivo,
di quel fugace momento della sera
quando tu impietosito delle mie foglie assetate
con gesto distratto e breve
getti acqua alle mie radici,
e l'indeterminazione della mia vita sta
in quella tua piccola attenzione
che in qualsiasi momento potresti dimenticare,
distratto da un trascurabile evento
che decreterà la mia fine.

CONGIUNZIONE ASTRALE

Sono state le stelle
di marzo
che la notte in cui venni al mondo
formavano i Pesci,
ed è così che l'acqua
e stato sempre il mio elemento,
e amo nuotare
o solo galleggiare cullata
dai flutti
e anche l'onda prepotente
del mare imbronciato
non mi ha mai trattenuta sulla spiaggia.
Mi crederesti allora amica mia se ti dicessi
che il mio luogo del cuore è una Jacuzzi,
e se ti raccontassi il tempo dilatato
che passavamo nella schiuma profumata
abbracciati allacciati aggrovigliati
nello spazio angusto
avvolti d'acqua e di musica,
a raccontarci, e confidarci
e anche confessarci quello che è difficile da dire
a volte
se non quando il vapore rende confuso
lo sguardo,
e lavare ogni piccola sporcizia
che potesse inquinare il nostro amore.
Uscivamo dall'acqua coi polpastrelli
rugosi e molli,
e la notte era lunga,
e il nostro amore eterno.
Così credevamo entrambi, amica marzolina,
a quella eternità.

Ma ora posso dirti che l'Ariete
È un segno di fuoco
e il fuoco vince l'acqua
e la prosciuga.
E ancor più faccio attenzione al fuoco
che si accende nel cuore.

BUON COMPLEANNO

Ho perso un battito
del cuore, quando il tuo nome è comparso
allo squillo del telefono
e di sicuro il mio pronto è stato incerto,
com'è la voce di chi a un tempo
teme e spera e non sa
se davvero accade o è lo scherzo
di qualche sogno dimenticato in un angolo
di memoria.
Ti ho ringraziato per gli auguri.
Avrei voluto chiederti perché quest'anno sì,
e non l'anno scorso, o il precedente ancora,
ma ho taciuto.
E dopo, e me ne sono accorta solo adesso,
dopo quegli auguri ho sentito di essere
più lieve, come sgravata da quel peso
sul cuore
e ho capito che ciò che morde
non è l'essere sostituti,
oh, la vita ci ha insegnato il cambiamento,
ma è l'essere cancellati.

LA COSTOLA DI ADAMO

Sta scritto che il buon Dio prese il fango
e impastò l'uomo,
poi trasse dall'uomo una costola
e ne fece una donna.
Ricordo che ai tempi ribelli
dei reggiseni bruciati
mi avevano insegnato che questa storia
della costola di Adamo
fosse stata inventata dai maschi arroganti
per farci credere di essere nient'altro
che un loro sottoprodotto.
Poi ho conosciuto gli uomini
e non sono riuscita a non amarli.
E mentre li amavo ascoltavo il fruscio
della loro anima inquieta,
perché gli uomini hanno un vocabolario
diverso dal nostro,
non conoscono le parole del cuore
e se vuoi capire cosa c'è
sotto il loro mantello di scaglie d'oro
devi saper cogliere quei fuggevoli indizi
che si lasciano scappare ogni tanto,
una frase un gesto uno sguardo
evasi dal reparto sorvegliati speciali
dove tengono le loro emozioni.
Ne ho amati tanti uomini,
più di quelli che avrei voluto amare
perché gli uomini hanno paura di lasciarsi amare
e fuggono via.
E poi soffrono per quella faccenda del fango.
Non gli va giù che la donna sia stata esentata
dall'umiliazione della terra impastata

e che la sua origine sia proprio nelle loro ossa,
e che abbia tratto la sua vita dalla loro essenza
per poi donarla ancora.
Temono di avvicinarsi a noi
che siamo cuore e sangue,
sangue del mestruo che origina la vita
e sangue del nostro amore generoso
che non sfugge il dolore,
e allora si tengono sempre a debita distanza
per non macchiarsi di quel rosso terribile e desiderato.
Mi sono sempre rammaricata
di quel loro deficit linguistico
perché stringendoli tra le braccia
sentivo battere forte il loro cuore
e sapevo che quel pulsare sommesso e assordante
erano le parole prigioniere che volevano uscire.

Fortune

Esistono diversi tipi di fortune.
Ci sono quelle eclatanti, che ci fanno balzare dalla sedia, ci
inondano i polmoni e ci nutrono per un momento di gioia.
Sono inaspettate, rapidamente vengono, rapidamente
svaniscono, raramente lasciano il segno, raramente si
trasformano in ricordi ovvero raramente giacciono nel cuore.
Sono le fortune oggi tanto acclamate, che si bruciano da sé,
che non intaccano né cuore, né coscienza.
Sono le fortune da gratta e vinci: "hai vinto un altro gratta e
vinci" e la gioia si esaurisce nel tempo di un'altra grattata di
moneta.
Ma esistono anche altre fortune… più rare, ma esistono.
Non sempre apprezzate ma esistono.
Sono quelle che partono dal basso, dalle viscere, viscere
spesso sofferenti che si contorcono nel tentativo di far salire
l'emozione al cuore per purificarla, e dal cuore all'intelletto
per nobilitarla e comunicarla.
Queste fortune sono rare ma esistono ed io sono una persona
fortunata.
Ho visto emozioni contorcersi nel pianto e nel rimpianto, nella
delusione e nella voglia di riscatto.
Ho visto tutto questo che non si rassegnava al semplice sfogo
dettato dalla complicità dell'amicizia.
Ho visto tutto ciò trasformarsi in poesia.
Una poesia che affranca l'animo dal dolore anche quando
questo è sottile e profondo.
Ho visto la poesia di Lucia prendere forma in letture
appassionate e catartiche.
Una poesia scevra di enfasi e di esaltazione.
Una poesia dalla parola piana e quotidiana ma non per questo
meno preziosa, anzi.

Non è "la parola che squadri da ogni lato", no…, a lei "non chiedetela".

È la parola intensa, levigata dell'onda del vissuto e ora vive nella carta e nell'animo del lettore.

Ho visto tutto questo e sono grato.

Queste sono fortune che si depositano nel cuore, nel ricordo.

Grazie, Lucia.

Antonio Strafella

Non Chiederci La Parola

Non chiederci la parola che squadri da ogni lato
l'animo nostro informe, e a lettere di fuoco
lo dichiari e risplenda come un croco
perduto in mezzo a un polveroso prato.

Ah l'uomo che se ne va sicuro,
agli altri ed a sé stesso amico,
e l'ombra sua non cura che la canicola
stampa sopra uno scalcinato muro!

Non domandarci la formula che mondi possa aprirti,
sì qualche storta sillaba e secca come un ramo.
Codesto solo oggi possiamo dirti,
ciò che non siamo, ciò che non vogliamo.

E. Montale

RINGRAZIAMENTI

Nessun libro appartiene solo all'autore.
Quindi persone da ringraziare ce ne sono tante, che su questa pagina nemmeno ci stanno.
Mi limito quindi ai personaggi principali, partendo da coloro che mi sono stati vicino in quel periodo drammatico della mia vita.
Sì, diciamo che l'avevo presa male ed era stato un grande trauma, e allora il primo grazie va ad Antonio Strafella, filosofo e councelor ma soprattutto fedele amico, che non si è risparmiato nel duro compito di aiutarmi ad elaborare il lutto, come si dice, e mi è stato vicino come un fratello.
Grazie anche allo psicoterapeuta ma soprattutto amico Maurizio Speciale; anch'egli ha dedicato ore e ore al mio "caso pietoso".
Grazie ai tanti amici e amiche che mi sono stati accanto con tanto affetto, e grazie ai miei figli.
Grazie alla scrittrice e carissima amica Anna Spissu che ha curato l'editing con la sua puntuale e intelligente professionalità.
Grazie anche a lui, al protagonista di questo libro, l'uomo che mi è stato amorevole compagno per diversi anni. Siamo cresciuti insieme per quasi un decennio, dai cinquanta ai sessanta, una decade importantissima in cui necessariamente si fa un salto di qualità. Grazie per tutto quello che ha fatto per me, per l'amore che mi ha donato, per la passione che ha messo in gioco nel nostro rapporto, e per i bei momenti condivisi. E grazie anche per avermi lasciato.
Grazie a voi lettori che se siete arrivati fin qui e avete raccolto la mia testimonianza, e forse vi siete riconosciuti in essa.
Un abbraccio circolare.

Printed in Poland
by Amazon Fulfillment
Poland Sp. z o.o., Wrocław